KB108530

바닷바람

바닷바람

초판 1쇄 인쇄 2012년 02월 16일
초판 1쇄 발행 2012년 02월 23일

지은이 | 유종우
펴낸이 | 손형국
펴낸곳 | (주)에세이퍼블리싱
출판등록 | 2004. 12. 1(제2011-77호)
주소 | 153-786 서울시 금천구 가산동 371-28 우림라이온스밸리 C동 101호
홈페이지 | www.book.co.kr
전화번호 | (02)2026-5777
팩스 | (02)2026-5747

ISBN 978-89-6023-761-2 03810

바닷바람

유종우 시집

ESSAY

서문

오래 전 동호회 친구들과 여름휴가를 떠난 적이 있었습니다. 내향적인 성격 탓에 차를 타면서부터 괜히 따라 나섰다는 후회가 앞섰지요.

하지만 목적지에 도착한 순간, 속리산 정경은 불안한 저의 마음을 어루만져 주었습니다. 웅장하게 펼쳐진 소백산맥 줄기, 물에 희석된 우유 빛깔로 산을 둘러싼 끝 모를 안개. 정상에 올라 바라본 세상은, 그때까지 경험하지 못했던 가슴 벅차고 설레는 순간이었습니다.

시를 처음 쓰기 시작했던 때의 마음도 크게 다르지 않았습니다. 막연히 작문을 해보고 싶다는 생각은 예전부터 있었지만, 막상 글로 옮기려니 과연 잘 할 수 있을까 두려움이 컸었지요. 의지대로 잘 쓰여지지 않을 때도 있었고, 막막할 때도 한두 번이 아니었습니다. 에라 모르겠다, 손을 놓고 몇 달씩 아무것도 하지 않을 때가 여러 번.

하지만 글을 쓰지 않는 동안에도, 시 창작에 대한 열망과 바람은 늘 있어 왔습니다. 드넓게 탁 트인 바다는 수많은 이야기를 들려주었고, 계절마다 다르게 피어나는 화단의 꽃들은 작지만 소중한 삶의 순간들이었습니다.

 결국 난관에 부딪힐 때마다, 마음을 다잡고 좀 모자라고 볼품없으면 어떤가 스스로 위로하면서, 설레는 마음으로 첫 시집 '바닷바람'을 출간하게 되었습니다.

 아련한 추억에 대한 그리움과 깊은 밤에 마주했던 감정들, 삶을 따스하게 감싸주는 근원이 무엇인지에 대해 쓰고자 하였습니다.

좀 서툴고 설익은 느낌일지 몰라도, 햇사과를 베어 문 뒤 입 안 가득 퍼지는 연둣빛 여운처럼 마음 속에 은은하고 나지막하게 기억되기를 기원합니다.

겨울을 떠나 보내며
2012년 2월 유종우

차례

2부 미지의 빛

3부 바다가 보고 싶다

4부 행복 가꾸기

1부
자유의 노래

문을 열기 전에는

문을 열기 전에는
그 안에 누가 있는지
그 밖에 누가 있는지
알 수가 없어

문을 열기 전에는
그 목소리가 누구인지
그 존재감이 누구인지
알 수가 없다

한 번씩 스치는
작은 기대감 하나

그 사람이 아닐까
그 추억이 아닐까

마주한 낯선 얼굴에
미소 띤 가면을 쓴다

문을 열기 전에는
그 안에 누가 있는지
그 밖에 누가 있는지
나는 알 수가 없다

너를 대신하는 건

밤에는 해가 없다
달이 있지

겨울엔 꽃이 없다
눈꽃이 있지

이별엔 미움이 없다
아픔이 있지

내 곁엔 네가 없다
네가 없다

너를 대신하는 건
너를 대신하는 건

너를 대신하는 건
이 세상에 아무것도 없다

빈 공간

무채색 사늘한 빈 공간
동력장치들이 머물다가는 곳

수없이 많은 차량들 중에
이곳에 쉬었다 가는 것도 인연이랄까

온종일 버팀목처럼
그를 지켜만 주고

무심히 돌아가는 이
바라만 본다

모두가 떠나고 남은 빈자리
시린 바람에도 내일을 꿈꾼다

밤의 연주자

바다……
물은 물로서 충만하다

밤은 기다림 없이
곳곳에 어둠을 칠하고
나는 사람들을 벗어나
바다의 음향에 귀 기울인다

낮아졌다 높아지는 소리의 울림
가슴 저 깊은 곳까지 스미어
파장을 만들고 파도를 일으킨다

아무렇지도 않은데
그 모습 그대로인데

또 밀려오고
다시 떠나간다

끝없는 광활함으로
드넓게 에워싸는
근원의 존재

고유의 물빛은 내어주고
맑은 빛으로 흐린 빛으로
밝게 검게 세상을 비추이는
무한한 물결이여!

잠겼다 드러나는
해변의 단면처럼

차갑게 다가와
푸르게 적시운다

파도 치는 밤
해안과 바다는
경계가 없다

바람

사알랑 사알랑
춤을 춘다

바앙긋 바앙긋
웃어본다

산아
들아

부신 몸짓아

보물

급하면 급할수록
도무지 찾을 수 없고

정리 안 된 서랍장

의외의 순간
낯익은 모습으로

살며시 꺼내든
솔직한 마음

깃털

하얀 눈 위에
까만 비둘기 두 마리

밤하늘에 흰 연기 피어 오르듯

보도 위에 종종걸음으로
쌓여만 가는 눈

은빛 모자를 눌러 쓴
거리의 집들과
날개 접은 창문들 밖으로

시간이 멈추어 버린 듯
새하얗게 펼쳐진 눈길 위에는

기뻐서 기쁠 때
슬퍼서 슬플 때

자작나무 껍질보다
더 밝은 모습으로

오늘도 나란히 함께 있는
까만 비둘기 두 마리

너를 바라보았다

너와 나는
한 곳을 바라보고 있었다

너는 헤아릴 수 없이 수많은 별들을
나는 짙은 수증기에 잠긴 외로운 등대를

떨어진 거리는 문제가 되지 않는다

별빛은 물결치는 바다에 물들어
내 마음을 적시고 있으니

우리는
한 곳을 향하고 있었다

너는 파도 치는 바닷가 홀로 선 바위를
나는 밤하늘에 퍼지는 어슴푸레 달빛을

멀리 있어도 맞닿아 있는 걸 안다

수면에 비추인 아련한 추억은
내 빈 가슴을 채우고 있으니

한때는
마주한 모습에
대낮같이 웃어도 보고
함께할 내일도 그리며
마음 편히 걸어도 봤지만

예고 없이 찾아온
혼자만의 시간은

그리움도 꺾이어
빈자리에 고스란히 쌓여만 간다

문득 뒤돌아보면
너와 함께 한 시간은 축복이었어라

닿지 않아도
멀리 있어도

너와 나는 한 곳을 바라보았고
언젠가 그곳에서 만날 수 있음을
나는 안다

잎새

잠시
스쳐만 가라
바람아
오래 머물지 말고

얼른
흘러만 가라
냇물아
조금도 멈추지 말고

바람에 지치기 전에
물살에 바래기 전에

온전히 아름답게
빛나고 싶다

자유의 노래

고양이가
담벼락을 뛰어넘는다
가뿐히 사뿐하게

갈매기가
퍼붓는 빗줄기를 온몸으로 맞고 있다
해변가에 홀로 웅크린 채

종려나무가
태양을 향해 있는 힘껏
파릇파릇한 잎사귀를 뿜어낸다

여왕은
바닷가 바위절벽 끄트머리에 서서
긴 머리를 나부끼며 자유를 노래한다

하늘이 열리고
잿빛 구름을 뚫고 쏟아져 내리는
강렬한 빛이여!

수평선 너머에
상쾌한 바람이 불어오면

갈매기는 젖은 깃을 털어내며
힘차게 날아오른다
가뿐히 사뿐하게

백합화

가만히 몸을 누이고
생각해보면

낮에 본 네 모습에
쓸쓸함이 묻어나

길고 긴 밤

그 눈빛이 그리워
너를 찾는다

일상에 지쳐 잠든 네 모습

온전히 지켜왔는데
견뎌왔는데

마주하는 순간 무너져버린다
부서져 깨진다

감정의 소용돌이를 막을 수 없어

불길 속으로 내던져야
멈춰버릴 고뇌

창 밖 세상은
그대로인데

너는 어둔 공간에 피어있는
한 떨기 순백의 꽃

질주

어떡하나 여린 마음
산비탈을 넘어
일어나 도약하라 하네

어떡하나 여린 바람
해수면을 지나
내뻗듯 돌진하라 하네

뒤돌아보면
밀려드는 아쉬움과 후회

둥지 밖으로
몸을 던지는
갓 태어난 한 마리
원앙새처럼

불안과 함께
나아갈 수밖에

다짐과 함께
달릴 수밖에

봄

창이 넓은
모자를 쓰고

사뿐사뿐
내닫는
발걸음으로

병마개를 열고
보랏빛
감미로움으로 번지는
포도 주스 향기처럼

어느새
성큼성큼 다가와

살며시
푸른 새순을 틔운다

비상

항구의 이른 아침

아직 준비가 덜 된
작은 떨림이지만
잿빛 어린 새는 날갯짓한다

긴 원을 그리며
이쪽에서 저쪽으로
손뼉 치며 날아오르는
한 마리 갈매기처럼

단단한 지면을 뚫고 뿜어져 나오는
새하얀 물줄기처럼

먹잇감을 쫓는 한 무리의
회색 돌고래 떼처럼

건망증

잃어버린 물건을 찾아
공간을 헤쳐나간 지
삼십 분

하루에도 여러 번
열쇠를
안경을
리모컨을

그 가파른 환희를 보기 전에는

멈추려 하다가도 멈출 수 없고
그만두려 하다가도 그만둘 수 없다

문득
지나간 세월이 아려

정작
목마름을 씻어줄 대상은
그게 아닌데

수없이 많은 별들이
뜨고 지는 게

아쉬워
서러워

오늘도
온종일

찾으려 하다가도 찾을 수 없고
잊으려 하다가도 잊을 수 없다

밤의 새

한 여인이 숲에서 길을 잃었다
찾아야 할 가족은
포기할 수 없는 이유

빛의 상실
두려움은 큰 파도가 된다

산이 어둠같이
그녀를 안을 때

새들의 나직한 노랫소리
바람에 이는 낙엽소리
쓸쓸히 귓가에 들려온다

순간이런가
광활한 하늘을 유영해 날아온
시커먼 날갯죽지

먹잇감을 응시한 맹수의 눈으로
여인을 낚아채 드높이 날아오른다

밤 깊은 하늘가 회색 구름 무리를 지나
그녀를 떨어뜨린 곳은 날짐승의 보금자리

가파른 바위산 꼭대기에는
얼음 같은 바람이 분다

아무렇게나 내동댕이쳐진 여인은
자신의 눈을 의심했다

눈동자를 채우는
잃어버린 가족들

살아있다는 기쁨도 잠시

그들에게 던져진 운명은
짐승의 아가리 속보다 잔인하다

빛이여
가녀린 이들을 비추어다오
바람이여
지친 그들을 위로해다오

어디선가 거대한 새 한 마리가
순백의 날갯짓으로 그녀에게 다가왔다

포효하는 밤의 새
햇살 같은 하얀 새

눈부신 존재는 여인과 함께
힘찬 날갯짓으로 날아오른다

애달파라

하늘 높은 곳에
닿을 수는 없었다

눈 벌개진 가족들이 잡고 매달리는데
옷자락을 물고 늘어지는데

밤은 더 깊은 어둠 속으로
걸어 들어가고 있었다

바닷바람

바람이 있다
바다에는

무심결에 거닐다 맞닥뜨리는 산뜻한 바람
건조한 하루를 깨뜨리는 상쾌한 바람
뜻하지 않게 맞이하는 사늘한 바람

휴식과 위로와 성찰의 시간을 건네는
자연의 위대한 선물이여!

보이지 않으나 힘이 있고
만질 수 없으나 부드럽게 감싸 안는다

하늘과 바다가 맞닿는
저 먼 곳에서 왔다가
다시 무한한 공간으로 발을 내딛는구나

바다는 광활한 생명이요
바람의 시작점

대륙의 그것과 차별되는
청량한, 청결한, 청명한 바람

마음이 가난하여 느끼지 못 할 때도

갈매기 무리는 바람을 타고
높이도 날아오르는구나
대나무 잎은 푸르게 푸르게 나부끼는구나

백일홍을 쏟아 펼친 듯
바닷속 붉게 빛나는
맑은 해초들의 속삭임이여!

실재와 환상을 넘나드는 곳
끝없이 펼쳐진
저 눈부신 파란 빛깔을 보라

하얗게 홍얼거리는 무수한 물결을 이끌고

바람이 불어온다
바다의 바람이 불어온다

2부
미지의 빛

무화과

손이 닿지 않는
무화과나무의 열매는
산새들을 위한 자연의 배려

그 반짝이는 달콤함으로
새는 노래하고 녹음은 퍼져간다

잔잔한 아름다움이란 이런 것

나그네여
손을 뻗어 작대기를 휘두른다면
과실은 얻을지언정
나무의 본질은 해하는 거라네

말이 없다 가벼이 여기지 마시길

온몸을 떨며 흩날리지 않는가
초록빛 바다 잎사귀들을

칠 년

서로를 알아가는데
7년

서로를 그리워하는데
7년

서로를 잊어가는데
7년

달력

올해도 어김없이
덩그러니 남은
마지막 한 장

째깍째깍
분초를 깨우는
자명종시계보다도
나는 네가 야속하구나

푸짐한 상차림
정원의 열두 가지 음식도
후루룩
국수 말아 넘기듯 한 순간

꼬옥 붙들고 놓지 못할
아쉬움의 세월이여!
내 손끝의 미련이여!

수국화

왜 이리 지금까지
지울 수 없는지

씻어도 보고
문질러도 보고
다른 색깔로 칠해 보아도

그 얼룩은 여전히 남아

참다참다
물 한 바가지
냉큼 집어 뿌렸더니

어느새 피어난
그리움의 푸른 꽃

그 빛이 내게로 와

닿을 수 없는 하늘을
물끄러미 바라본다

희뿌연 구름 무리는 바다가 되어
안개처럼 밤하늘에 스며든다

나도 모르게 찾은 바닷가

구름바다 사이로
아득히 빛나는 별 하나가
나를 지켜본다

바람은 부는데
파도는 이는데

그 빛이 내게로 와
닫혀진 창을 두드린다

물결에 비추이는
희미한 등대의 불빛처럼

기억의 단편은 강이 되어 흐른다

둘만의 한때
따스했던 손길
가벼운 입맞춤

너를 곁에 두고도
알지 못했다

너만이 별이고 빛이었음을

나를 비껴간 눈부신 날들
저 멀리 빛나는 파아란 별과 같아라

오늘밤

그 빛이 내게로 와

나를 적신다
내게 속삭인다

성냥

살인을 저지르고
유유히 커피숍에 걸어 들어오는
영화 속 주인공처럼
죄 없는 이 앞에 두고
상냥할 수 있을까

깨진 유리조각들이
바닥에 널브러져 있는데
함께 거닐자고
말할 수 있을까

바람에 곧 부러질 듯
위태위태한 나뭇가지에
손수건 매달고 선
미소 지을 수 있을까

이리 켜보고
저리 켜봐도
불꽃만 일뿐

다음에

잘 있으란
말보단
다음에란
말

오기 힘든 걸
알면서도
기대하는
말

삶의 길

여기서 먼 곳까지
길을 모르오

풍랑이 잦아들 때를
나는 모르오

유난히 어두웠던 날

심장의 고동소리만이
정적을 흔들어 깨울 때

나는 밤의 눈을 밝혀

새벽별
그리움으로 빛나는
저 언덕까지
노 저어 갈까 하네

참새의 죽음

그 애처로운 모습을
처음 본 게 두 달 전

사람도 감당하기 어려운
한여름 뜨거운 볕을
작은 새는 온몸으로 맞고 있었다

열섬 아스팔트 위에서
손바닥만 한 그늘도 없는 곳에서

한치의 비껴감 없는 몸부림의 막바지

다리는 하늘을 향하고
날갯죽지는 힘 없이 늘어져 있었다

꺾이어 흩어진
어린 꽃잎아

어쩌면 저 지저귀는 새들의
눈물겨운 열매일지도

어쩌면 한없이 기다리는
새 생명의 한줄기 빛일지도

도로 위를 내달리는
무채색 차량들 속에

여름 가고
계절 바뀌어도

일어설 수 없는 정지된 절망

갈림길을 정하지 못한 듯

하얗게 그어진 중앙분리선 위로
마음 한 귀퉁이
허물만 남아있다

빗자루

걱정도
의심도
쓸어버린다

소리 없이
찾아온
낙엽들처럼

싸리비
소리에
달음질한다

시골집
앞마당
암탉들처럼

미지의 빛

천장에서 새는 물은
규칙적으로 낙하한다

멀리 어디선가
반짝이는 불빛이 감지된다면
그곳을 향해야 한다

헝클어진 전선이
셀 수 없이 둘러싼 형국

무얼 주저하나
돌진이다

두 눈을 감고
감각으로……

섬광처럼 뻗어 나오는
밝은 무리를 대면해야 한다

정점에서 시작된
빛의 소용돌이를 보라

노랗게…… 맑은 주황빛으로……

엉켜진 현실의 타래를
가지런히 조율하고 있지 않은가!

한발 내디딜 때마다
염려는 흰 비둘기처럼
날아가 버린다

외부의 껍질이
모두 깨어져 나가는 순간
빛으로…… 환한 빛으로……
하나가 된다

밤바다

바위에 걸터앉아
밀려오는 파도를 바라본다

밤이면 더 커지는 저 소리에
물결은 어둠을 덧입고
내게로 밀려온다

쓸쓸한 바다는 추억을 깨우는 법
밤하늘을 배경 삼아 너를 그려본다

시간은 속절없어
네 모습은 희미해졌지만
내게 건네준 잎새는
여전히 선명하여라

지면에 부딪치며 흩어지는 물거품처럼
그 모습은 바뀌어도 본질은 변치 않으리

수면에 투영된 우련한 달빛을 바라보며
오늘도 잎새는 자연을 감내한다

날개

하늘이 내린다
물결 위로 하늘이 내린다

끝없이 펼쳐진 짙푸른 바다

불어오는 해풍에 몸을 맡긴 채
높다란 바위에 서서 눈을 감는다

내 마음은 한 마리 자유로운 새

알바트로스의 닐개를 달고
칼새처럼 창공을 누빈다

파도가 부딪치는 해안을 따라
가파른 바위 절벽을 지나

한 마리 새가 되어 질주를 한다

너와 난
파도 치는 이곳에서 작별의 인사를 나누었다

마음을 다해 진심을 전하고 싶었다
내 마음이 네 심장에 닿을 수 있도록
있는 힘껏 안아주고 싶었다

너만 있으면 된다고
나를 어떻게 생각하든
곁에만 있으면 된다고

그리 말하고 싶었다

하지만 그럴 수 없기에……

그럴 수는 없었다

떠난 뒤 남겨진 자리

눈을 떠 바라보면
나를 채우던 눈동자는 간데없고

너를 닮은 바닷새 한 마리만이
푸른 하늘가 빈 곳을 향해
아스라이 멀어져 간다

우산

비가 올 듯 말 듯
우산을 들었다 놓았다

별의 노래도
구름 앞에선 소용없네

엷은 빗방울이
톡톡

우산을 펼까 말까
손을 들었다 내렸다

비의 노래도
우산 앞에선 소용없네

빗물도 잦아들고
점점

우산을 접을까 말까
팔을 내렸다 올렸다

나의 노래도
한숨 앞에선 소용없네

겨울나무

곱게 번지는 새들의 노랫소리야
들어본 지 오래

밤을 말하기 전에
겨울은 찾아왔다

눈 비비고 일어나도
변하는 게 없건만

작정하고 떠난 철새마냥
봄은 쉽사리 오지 않고

기약 없는 기다림처럼
벚나무 마른 가지는
허공에 기대어 섰다

추운 계절이 가져다 준
고요와 적막

저들은 그 마다의
사연을 가지고
어제와 오늘을 지키어 섰다

봄의 문이 열리는 날

마른 가지는 이야기하리

새하얗게 피어난 벚꽃을
빗물처럼 날리며

꿀벌

개나리 꽃잎이 흐트러진 자리
작은 꿀벌들 어지러이 춤을 추고

여물지 않은 이른 봄볕에
향나무 가지는 기지개를 켠다

아직 오지 않은 계절에
한껏 부푼 봄 내음
노랗게 망울 터진 잔칫상

그 달콤한 꿀을 좀
떼어 주지 않겠니?

그 맛 좋은 음식을 좀
나눠 주지 않겠니?

먼 곳의 나에게

풀잎에 맺힌 이슬이
지면을 적시듯

오늘은 나에게
청량한 물이고 싶다

지친 마음에
위로의 한 마디
격려의 말 건네는
내 좋은 벗

세상은 결국
생각의 차이

요람에서 지금까지
어디 가벼이 여길 이 있었던가

진주를 품은 조개처럼

인고의 시간

빚어낸 것이

하물며 인생인 것을

3부
바다가 보고 싶다

회귀

멀리
저 먼 곳에
고향이 있다

뼛속 깊이 사무치는
단 하나의 안식처

운명은
살아있는 자를 깨우고
긴 여정의 마침표를 향해
부서지듯 내달리게 한다

굽이굽이
세차게 휘감기는
차디찬 수류

범접할 수 없는 강인함으로
드세게 몰아치는 물결도

강을 거슬러 오르는
거룩한 존재의 몸짓은
막을 수 없었다

폭발하듯 수면 위로 튀어 오르는
반짝이는 은빛 무리

내뻗치는 강물에 휩쓸릴지라도

타오르는 본능의 맥박은
거센 물살보다 강하다

삶과 죽음이 엇갈리는 곳

상처투성이 몸뚱이
시커멓게 시뻘겋게 변색됐건만

하염없이 강바닥에 내리 꽂히는
가녀린 살결
애달픈 모정의 종착

모든 소명을 다하고
물 위로 떠오르는 빛 바랜 낙화들

산천에 불어오는 사늘한 바람은
말 없이 고요히 스치어간다

새 생명이
다시 시작되는 날

기억하리라

그 마음 하나 있었노라고

벤저민

송이송이 매달린
청포도 알처럼

한데 모여 어우러진
잎들의 노래

맑은 향기 이파리에
정성스레 엮어

찬란한 선율에
색깔을 입힌다

폭포수 넘쳐난
녹색빛을 흘리며

밝은 아침에
햇살을 뿌린다

투정

오늘도
이곳 저곳
기웃기웃

한겨울
거북이 등딱지마냥
식어버린 정열에

무언가
집중할 대상이 필요했다

TV에 눈이 갔다가
신문에 손이 갔다가

하루 해는
어김없이 넘어가고

마음 둘 곳
찾을 수 없어

괜스레
늘어난 투정만

낯선 초대

손에 쥐어진 한 장의 초대장
낯익은 이름
낯설은 이름의……

궁금하기도
보고 싶기도 하지마는
왠지 서투른 나
…… 말자…… 말자…… 그리 말자……

망설이다 걸려온 전화 한 통
잠재의식은 겁쟁이 나를 밀어내고
꼭 가겠다 말하고 만다

낮과 밤이 만나는 시간

눈을 들어 먼 곳을 보니
석양에 물든 오렌지 빛깔의 구름 하나가
고층건물 꼭대기에서 나를 보며 웃고 있다

이름 모를 사람들을 지나
바람에 나뒹구는 휴지조각들을 지나

약속 장소에 도착하고 보니
머릿속에 그려 보았던 그 모습 그대로

세상의 웃음을 모두 모아 놓은 듯
한결같이 빛나는 그들 모습은
세련되고 유머러스하고
부럽다

뒷걸음치는 마음을 부여잡듯
초대한 사람은 반갑게 나를 맞아준다
착하게도
고맙게도!

생전 처음 보는 음식들은
나를 주눅들게 하고

그녀들의 짙은 눈매는
잡지 표지모델보다 멀리 있다

나는 왜 이곳에 왔나
여기서 무얼 하고 있나

시간아 빨리 가라
주문을 외듯 되뇌어 보다가
이런 모습이 한심도 하고
나답기도 하고
피식 웃음이

하나 둘씩 자리를 떠나고
이제 일어설 시간인데
가야 할 시간인데

뒤늦게 밀려오는 감정의 파도란!

왠지 모를 허전함과 미안함을 뒤로한 채

희뿌연 안개에 묻히어
조용히 새벽 길을 걸어간다

기다림

바람에도 올곧게 끄떡없는
마이산 봉우리처럼

한낮에도 오똑하게 지탱하는
해바라기 봉우리처럼

기다림은 산이 되고
꽃이 되어

온 세상에 지켰어라
온 천지에 피있어라

다만
긴 세월에

시들까
마모될까
두려워

문고리 두 손 꼭 붙들고

맨발로 버텼어라
시린 발로 견뎠어라

사과

갓 깎았을 때 먹어야
바스락바스락
맛이 있어요

동그란 모양새가
재롱맞다 생각 될 즈음에

한 입 쏘옥 베어 물면
새큼상큼 감미론 맛이
일기장 같네요

겉과 속이 사뭇 다르다
나무라지 마세요

빠알간 빛깔의 향기
하아얀 달콤함에
입 맞출 테니까요

거울

이별의 무게는
저울로 달 수는 없지만
얼굴을 보면
알 수 있네

슬픔의 깊이는
자로 잴 수는 없지만
눈동자를 보면
알 수 있네

그리움의 빛깔은
비치지는 않지만
가슴 속
분홍빛 들꽃으로
피어있네

소나무

벌써 며칠째
거무튀튀한 나방들이 숲 속에 가득하다
쫓아버리려 몸부림치면 더 달라붙는 녀석들

어수선한 마음은
의식의 초점을 흐린다

한 번씩
왜 이러는지
뭐가 문제인지

마른 화분에 물을 주듯
침착하게 되묻는다

지키려 하면 할수록
더 범람하는 강물처럼
움트는 잠재의식은 틈을 주지 않는다

다시 눈을 들어 바라보라
산비탈에 휘어져도 일어서는
저 푸른 소나무를!

우리 다음에 만나자

우리 다음에 만나자

어둠은 하늘에 번져
밤을 알리고

불빛은 잠식당하는 의식을
붙들어 세운다

한곳에 머물러
그대로인 줄 알았는데
멈춰있는 줄 일았는데

교각 위 차량은 달려가고
해변가 파도는 밀려온다

그 시절은 아직도 남아있지만
그 모습은 지금도 여전하지만

서서히
밤이 더할수록
수련의 자줏빛은 선명해진다

곁에 두고 보아도
안타까운 너를

이제는 부연 안개 속에서나마
찾으려 한다

한 잔
한 잔
마음을 달래며

가슴 속에 꼭꼭 숨겨둔 말
술잔 위에 풀어놓는다

한 녀석

한 녀석이 따라온다
조심히 슬금슬금

흘끗 뒤돌아보다 눈이 마주쳤다

금빛 얼굴
은회색 아담한 몸매
그렁그렁한 두 눈

빤히 쳐다보는 눈길 외면할 수 없어
밀려오는 저녁 볕에 걸음을 재촉한다

십 분
이십 분

해질녘 고즈넉한 언덕바지

길게 드리워진 낯익은 그림자 옆엔

작달막한 그림자도 함께다

노을진 하늘 아래 펼쳐진 세상은
은방울꽃을 흩뿌린 듯 밝은 새 옷을 갈아입는다

나와 같은 곳을 응시하면서도
다른 공간에 갇혀진 존재

잊혀지고 구속된 자유 속에서
오랜 시간 조각되어진 작은 생명이여!

말이 없어 느끼지 못한 게지
눈물이 없어 슬프지 않던 게지

다만 따스한 손길에
천진한 속마음을 한없이 내어주는
미안한 대상
안타까운 실재

돌아오는 길에
군데군데 비탈진 돌부리도 아랑곳없이
주어진 길을 마다하지 않고 내려온다
송이버섯 같은 네 발을 바삐도 움직이며

불어오는 바람에
노오란 빠알간 채송화 꽃잎들
환한 미소를 지어 보이면

한층 경쾌한 몸짓으로
잘록한 꼬리를 살랑살랑 흔들어댄다

밝은 날에

녀석이 웃는다
내가 웃는다

낙타

물 위에 떠 있는
돛단배처럼

황금바다 외딴 곳
마른 먼지 날리며

갈 곳도 쉴 곳도
정하지 않고

모래바람
두툼한 속눈썹

여린 눈망울
이슬에 젖어

안개처럼
적적히
멀어져 간다

까마귀

주머니 사정은 빤한데
폭포수처럼 샘솟는 욕망의 물줄기

날마다 숨가쁘게 변신하는
염치없는 뻐꾸기의 주둥이

나는 서커스 단원도 아닌데
위험한 곡예를 예사로 한다

숲 속의 올가미보다도 가혹한
플라스틱

장미 가시에 찔리는 줄도 모르고
쌓여만 가는 전리품

인생의 허상인가!

나는 까마귀도 아닌데
둥지에 여름 볕 주워 나르느라
해 저무는 줄도 모른다

그대와 영원히

그댈 처음 봤을 때
난 느낄 수 있었죠
우리 사랑 이렇게 시작되고 있단 걸

그댈 바라보아요
꿈 같은 이 순간 난 행복해

밤하늘의 별처럼
반짝이는 추억들
내 맘속에 언제나 빛나고 있어요
모든 게 멈춘 것 같아요
그대와 함께 영원히

오랜 시간 기다렸는지 몰라요
그대도 알고 있나요
오늘 이 밤은 영원하단 걸

밤하늘의 별처럼
반짝이는 추억들
우리 이제 펼쳐보아요

말하지 않아도 느끼죠
그대도 나와 같나요

아침엔 눈부신 햇살이
그대와 날 비춰줄 거예요

수수께끼

각설탕을 하나 넣고
맛을 음미해 봤을 때
내가 생각했던 맛이 아니다

와! 바로 이 맛이야!

심연에 맞닿는……
신경세포를 모두 만족시키는
황홀하고 원색적인
지극히 자극적인 느낌을
나는 갈망하고 있었나

그게 아니다

흰 식탁보에 번지는
포도주 한 방울같이

유리창이 산산조각 날 때
아무런 상관없이 먼 곳으로 날아가는
곤줄박이 한 마리같이

온 가슴을 적시고
정신이 혼미해질 정도로
극한의 느낌을 몸으로 느끼며
무한의 자유로 날아오르는
정신과 육체의 해방

아찔한 절벽 위에 서서
불어오는 바닷바람을 맞으며
조류가 요동치는 밤바다를
홀로 바라보는
현기증 나는 순간을
갈망한 건 아닐까

바로 이것이라는 해답은
애초에 존재하지 않는 것일지도 모른다

오늘
여인의 붉은 입술이
태양보다 빛나 보일 때

친절한 인생에
경의를 표하며
깨어져 버릴 유리잔에
포도주를 따른다

낮과 밤

밤인가
내 추억은
애써 떠올리려 해도
잘 떠오르지 않네

해인가
네 모습은
아무리 보려 해도
잘 볼 수가 없네

구름에 닫힌 별처럼
햇빛에 가린 달처럼

아득하여라
기나긴
낮과 밤이여

바다가 보고 싶다

밤의 깊이를 말할 수 없었다

먼발치에서 바라보았던 은은한 불빛은
자욱한 안개에 가리어
낮은 곳으로 흘러만 간다

그 모습은 어디에 갔나
그 아름다운 모습은 어디로 갔나

아닌 척
태연한 척 지내왔는데

단 한번에 무너져 내릴 듯
솟구쳐 오르는 짙푸른 그리움

병 속에 갇힌 편지는
어두운 거리를 헤매는데

너는
언제나 한 곳에서
햇살을 밝히고 더해

온화한 미소로 반짝이는
오후의 투명한 바다

제자리

나이에
한 번씩
숨이 막혀

뛰놀던
그 시절
찾아도 보고

초록 잎사귀
누군가
훔쳐간 건 아닐까

곰곰이
생각도 하고

하염없어라
쏟아지는 물
걸러낼 수도 없다

4부
행복 가꾸기

물의 요정

거실 한쪽에 놓여 있는 새벽빛 유리수조

푸른 물빛 램프에 불이 켜지면
물속 정원의 작은 요정들은 축제를 시작한다

빨강 연두 노랑 주황 색색의 구피들
꼬리지느러미를 사과꽃잎처럼 팔랑팔랑

맑은 파랑 형광 빛 새초롬한 네온테트라 무리
물결에 부서지는 아침햇살마냥 반짝반짝

물방울은 방울방울
하늘 잎은 하늘하늘

수줍은 듯 블랙몰리 한 마리
뒤뚱뒤뚱 몸을 흔들어보다가
아뿔싸
잠이 덜 깬 엔젤피쉬

살짝 건드리고 말았네

수풀에 숨은 몰리 말뚱한 두 눈동자엔 담겨있지
선명한 채도
색의 향연
야자나무의 속삭임이

엔젤피쉬는
길게 늘어뜨린 배지느러미를 나풀거리며
꿈결처럼 여유롭게 고귀한 자태로 떠 있다

어린 소녀들 그를 에워싸며
경쾌한 몸놀림으로

수족관 안은 신나는 놀이터
생생한 인상파 그림
유리벽도 막을 수 없는
생명의 불꽃

자연의 협주곡

푸른 물빛 유리수조 가만히 들여다보면
그곳은 즐거운 공간이다
함께 사는 세상이다

저 빛을 향하여

퍼붓던 장대비도 잠이 들고
어느새 고요해진 밤

귓가에 들려오는
나직한 목소리

모진 바람 불어와도
그늘진 삶 속에 좌절할 때에도

수많은 꿈들이 있어
아직 늦지 않다고

거친 비가 몰아쳐도
알 수 없는 미래에 한숨 지을 때에도

세상에 맞설 용기가 있어
이제 시작이라고

물결 일어도
세월 지나도
언제나 변치 않게
당당히 일어설 수 있게

언젠가 그곳에서
환하게 빛나리라

눈부신 저곳에서
자유롭게

단 한 번

기억의 메아리 있어
지친 나를 일으켜 세우지

아무것도 없는 곳에
시작이 있다고

방안에 남겨진 불빛을 뒤로한 채
밤의 길을 나선다

어디로 향하는지
정해진 곳 없지만

움츠린 계절에
어렴풋이 느껴졌던 내 안의 존재
작은 불꽃이여 다시 타올라라

어두운 밤
감춰진 별빛 내어놓듯
영롱하게 반짝이는 단 하나

사람들에 밀려
황급히 내닫는 계단 길에도
지나칠 수 없는 찰나의 순간아

빛이여 봄비처럼 흐르고
감미론 음악처럼 나를 부를 때

돌아서는 숨결도
아쉬워

오늘도
여지없이

투명한 반짝거림에
두 눈이 부시다

밤하늘

보랏빛 밤하늘에
너울대는 잿빛 구름 사이로

맑고 푸르게 반짝이는
시냇물 같은 별무리

지금은
곁에 없지만

깊고 그윽한 안개 속
노랗게 피어난
한 떨기 달맞이꽃처럼

밝고 온화하게 빛나던
상냥한 눈동자여

그 향기를 지울 수가 없었지
그 모습을 놓을 수가 없었지

물기 머금은 파란 제비꽃
이슬방울 떨구듯

기억은 빛이 되고
별이 되어
가슴 속에 스며든다

유기동물

잘 보살펴 달라고
눈이 동그랗지요

말 걸어 달라고
가만히 바라보지요

눈여겨보라고
몸집이 조그맣지요

벽돌집들도
서로의 어깨에
기대어 서 있는데

다 읽고 던져진
신문지처럼

바닥은 오늘도
차갑기만 하네요

바람이 할퀴고 떠난 자리

전나무 가지의 초록 잎은
따스한 햇살에 더 빛난답니다

먼 곳을 날아서

얼굴 보며 말하면
좋으련만

날다람쥐 건너뛰듯
나무는 금세 비껴가고

먼 거리도 거리이고
이 녀석 솜씨로는 닿을 수 없어

적어도

날갯짓 소리에
모두가 놀라 쳐다볼 만큼

창공을 치고 올라
태양에 다가설 만큼

못내 아쉬워
다시 돌아와 안아줄 만큼

칸나

작은 영상이
여린 영상이
꽃 위에 내려앉았다

가을 문턱 도롯가에
살며시 고개를 든 칸나꽃 무리

지나가는 사람들에 부끄러워
빨갛게 얼굴을 붉힌다

여름 내내
한 잎 한 잎
고이고이 이파리 감싸더니
어느덧 눈높이가 나와 같아졌다

맑은 햇살 나긋이 비치는
초록빛 큰 잎사귀

살랑살랑 스치는 바람에
손을 흔든다

푸른 빛으로
붉은 빛으로
인사를 한다

마디마디 줄기
세월을 입혀

성장하고 피어나리
기쁨의 하모니여

다 익은 과실
바구니에 담듯

허전한 가슴에
빛깔을 채운다

황폐한 계절

석양은 말한다
이제 손에 든 것을 놓으라고
그만하라고

해바라기의 떨군 고개 뒤로
고층 건물은 힘겨웠던 웃음을
하나 둘 소등하고

어디선가 퍼져오는
나긋한 아코디언 음악 소리에
어둠 속 오가는 발걸음마다
왠지 모를 가벼움이 솟아난다

돌아갈 곳이 있다는
하루의 작은 위안마저 잃어버린 그에겐
굳어버린 삶과 바람에 이는 먼지뿐
더 이상 남아 있는 것은 없었다

결박 당한 자유보다야
울타리 밖 지금이 낫지 않냐고
쓸쓸히 미소 지을 뿐

황폐한 계절에
그는 여전히 혼자다

낯익은 습관처럼 다다른 곳은
몸을 겨우 누일 수 있는 협소한 공간

그마저도 이미
다른 사람의 차지가 돼 있었다

힘들게 일한 노동의 대가로
무엇을 얻었던가!

이리 채이고 저리 채이는
돌부리보다 못한 비탄의 심정아!

옷에 묻은 먼지 털듯
가슴을 툴툴 비우고

별빛이 두 눈에 맞닿는
드넓은 풀숲 위에
양팔을 베고 누웠다

내일은
닦을수록 빛나는
투명한 유리알과 같기를……

바랄 수 없는 바람으로
밤의 모포를 덮는다

띠

구름이 흐른다
착시현상이 빚은
애니메이션

새가 난다
내가 본 건
찰나의 영상

구조와 방식은 달라도
렌즈에 담긴 모습은
한편의 파노라마

비가 되어 젖어든다
햇살 속에 날아오른다

당신은 내게

당신은 내게 말했죠

삶의 기쁨이 될 수 있다면
삶의 행복이 될 수 있다면

당신은 내게
큰 위안이었어요
큰 축복이었어요

저 빛나는 곳
아득히 먼 곳으로
떠나셨지만

내 가슴 깊은 곳
변치 않는 모습으로
언제까지나 반짝일 거예요

안타까운 마음에
긴 시간만 가고

열린 창에는
찬 바람만 불지만

당신은 내게
큰 사랑이었어요
큰 그리움이었어요

밤의 물결

갈라지는 섬광에
눈을 떴다
내리치는 폭우에
잠을 청할 수 없었다

솜털같이 포근히 감싸던
흰 구름들은 간데없고

거친 비바람만이
닫힌 창을 두드린다

자욱한 회색 안개여
그곳은 상냥한 미소가 머물던 자리

빛 없는 검은 바다여
그곳은 수만 마리 은갈치 떼 뛰놀던 자리

흑백사진마냥
정지된 거리에는

입을 꼭 다문
고층 건물들만이
우두커니 서 있다

빗방울 튕기며
잿빛 물결을 지나

바람에 날리어
부서지듯 쏟아져 내리는
가로수들의 애처로운 노랫소리여!

구름이 걷히고
밤이 지나가면

아무 일도 없던 것처럼

또다시

평온한 오후가 찾아오겠지

나이 들어간다는 건

어딘지 모르게
감각이 둔해지고
기억이 무뎌지고
미소가 희미해져 가지만

바람은
업신여기지도
외면하지도
꾸짖지도 않은 채

어제와
다름없이

푸른 물결로
어루만지듯
스치어 간다

뜰 앞에서

어느 날
바람에 흔들리던
아까시나무 꽃잎은
여인의 눈물처럼
연못에 떨어졌다

밤을 에워싸는 청량한 공기
바람에 실려오는 풀벌레 소리

검푸른 하늘가 먼 곳에서
별빛이 무리 지어 비출 때

나는 걸음을 멈추고
연못 위에 떠 있는 꽃잎을 바라본다

지나버린 너의 미소가
꿈결처럼 눈 앞을 스치운다

찰나의 기쁨도 잠시

꽃잎은 바람에 날려
어디론가 멀리 사라져간다

밤이 내린 뜰에는

기억 잃은 나무 한 그루만이
우두커니 서 있다

푸른 달

짙은 남색 빛 융단의 결을 따라
바람이 가리키는 물살의 길을 따라

별무리 어리는 수면 위로
푸른 달이 떠오른다

가볍게 도약하는 돌고래 떼처럼
순백의 물방울들을 영원으로 흘리며
파도는 부드럽게 날갯짓한다

더없이 가득히
흐르는 물결

은은하게 비추이는 아련한 영상에
빙하같이 솟구쳐 오르는
잿빛 혹등고래

먼 곳에 닿을 듯

고래가 내뿜는 물줄기는
들녘을 가로지르는 한 마리 새처럼
자유로운 영혼을 천공에 뿌린다

해역을 맴돌며 비행하는
갈매기 무리와 같이

꿈속 하늘가 빈 곳을 채우는
맑은 빛이여!

물보라에 멀어진
모습 뒤안길

달은 더 깊게
밤을 채색한다

대지의 빛

대지의 푸른 빛을
비추어 다오

물살이 바위를 조각하듯
바람에 잎새가 나부끼듯

산새와, 구름과, 강물이
맑은 하늘
메아리처럼 울려 퍼질 수 있게

꽃잎은 져도
내일은 남는 것

삶에 애정을 가지고
지나치지 않는다면
흘려 버리지 않는다면

그 짧은 환희의 순간에도
그치지 않는
매미 떼의 노랫소리를
들을 수 있으리

지면에 부딪치며
가벼이 흩어지는
무수한 눈꽃을 볼 수 있으리

밤의 항해

밤이 오고 있었다

창을 열고
모두를 공평하게 비추는
햇빛을 보고 싶었지만

귓가에 속삭이는 네 목소리가
수풀 속에 나를 가두었다

시간은 배와 같아서
기억을 싣고
저 먼 곳으로 떠났다

남아있는 추억은 흐릿해져
밤하늘처럼 어두워져 간다

들녘에 넘실대는 댓잎 물결처럼
어지러이 흐트러진 자갈밭처럼

오늘도 풀벌레 소리에
깊은 밤
잠 못 이룬다

벽에 기대어
어둔 곳을 응시하면

파란 빛깔의 환영이
나풀거리며 날갯짓한다

부신 빛
고운 몸짓

그 향기에 취했어라

밤은 미끄러져 내려와
나를 에워싸고

몸을 내맡기기엔
너무 멀리 온 것을 안다

꿈 덮인 밤

추억은 별과 같아서
어디에 있든
한곳에서 반짝인다

행복 가꾸기

눈물 아래로
미소 위로
작은 눈망울
반짝일 수 있게

수풀 밖으로
유채꽃밭 안으로
환한 불빛
내려 받을 수 있게

어제 뒤로
내일 앞으로
희망의 배
띄울 수 있게

광야 멀리
발걸음 가까이
너를 보며
같이 웃을 수 있게

수선화

주황빛으로
푸른빛으로
물결치는 저녁노을

밤이 스며드는 풀밭에서
하얀 꽃 한 송이를
보았다

바람에 흔들리는
조그만 꽃잎

아무 말 없이
나를 바라보는
하얀 꽃송이

가냘프게 피어 있는
작은 꽃이여

너의 곁엔 슬픔이
우두커니 슬픔이
아직도 떠나지 않아

내게 평화가 허락된다면
그건 너와의 시간뿐

어디에 그런 마음 또 있을까
어디에 그런 곳 또 있을까

평온한 오후에도
비 오는 창가에도

바람에 쓸려간 잎새들을 기다리는
낯익은 나뭇가지처럼

그저 바라볼 수밖에
기다릴 수밖에

나의 꽃잎이여